AF496014

HENRY MOREAU & E. SOUDANT

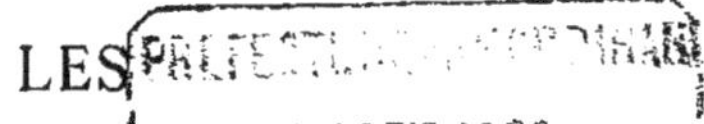

Francs-Tireurs

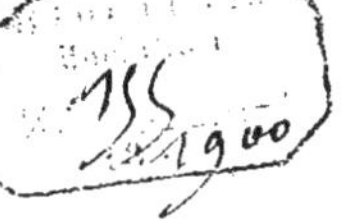

de la Mort

DRAME EN UN ACTE

Épisode de la guerre Franco-Allemande, en Alsace, 1870

Musique de scène par M. Marcel CHAPUIS

PARIS

C. JOUBERT, Éditeur, 25, rue d'Hauteville.

Répertoire de la Société Lyrique.

Tous droits de traduction, de représentation et de reproduction réservés.

Anciennes Maisons BRANDUS & JOUBERT réunies

C. JOUBERT, Successeur

ÉDITEUR DE MUSIQUE

PARIS. — 25, Rue d'Hauteville, 25. — PARIS

RÉPERTOIRE

DES OUVRAGES DE CONCERT EN UN ACTE

ABRÉVIATIONS : D. Veut dire du répertoire de la Société Dramatique, 8, rue Hippolyte Lebas. — Le surplus appartient au répertoire de la Société Lyrique, 10, rue Chaptal.

LOC. Veut dire : La musique n'est qu'en location et ne se vend pas.

Opérettes et Vaudevilles

AUTEURS	TITRES DES ŒUVRES	Hommes	Femm	Prix nets
Saint-Maurice	Abricot (L') d	troupe	»	loc.
De Campisiano	Absalon	1	3	6 »
Vallès-Garnier	Affaire Cœurdeveau (L')	5	1	loc.
F. Bernicat	Agence Rabourdin (L')	1	1	5 »
Japy	A huitaine	troupe	»	loc.
C. Roland	Aiguilleur (L') d	1	1	loc.
Bessière-Ruiffier	Ami Vandière (L') d	7	6	loc.
G. Street	Amour en livrée (L')	3	1	5 »
Desormes	Amour et l'appétit (L')	1	1	4 »
Vallès-Garnier	Amour et sauvetage	3	2	loc.
A. Petit	Amoureux d'Yvonne (Les) d	5	3	loc.
V. Roger	Amour Quinze-Vingt (L')	3	1	4 »
Boltin, Boulay-Layrice	Amours d'un piston (Les)	3	2	loc.
Desormes	Antoine et Cléopâtre d	1	2	4 »
Bessier-Moreau	Aphrodites (Les)	4	8	loc.
Dorfeuil-Moreau	Après la vie de Bohême d	troupe	»	loc.
J. Emmecé	A qui le gosse ?	2	3	loc.
M. Chautagne	Arracheuse de dents (L')	2	1	4 »
Bourel, Roydel, Monjardin	Artistes pour rire d	6	4	loc.
Géraldy	Ascension du Mont-Blanc (L')	1	1	4 »
Oudot-de Gorsse	Au Chat qui pelote d	troupe	»	loc.
Banès	Au Coq huppé	3	2	5 »
Uzès	Au soleil d'or d	3	2	6 »
Lebreton-Moreau	Au temps des cerises d	5	3	loc.
Guérineau	Auteur par amour	1	2	5 »
Lebreton-Moreau	Autour d'une guérite d	3	2	loc.
Henry Moreau	Avant le bal	1	1	3 »
Colonge, Carofalo, Coulbret	Baba Bouzouck d	5	8	loc.
Deransart	Baigneur et nageuse	1	11	3 »
Autigeon	Baigneuses de Cocotteville (les)	5	9	loc.
Leserre	Barbe-Bleue	1	»	2 »
Ratcée-Tranchant	Bataillon Desroches (Le) d	10	0	loc.
Autigeon-Desplau	Battage (Le)	2	1	loc.
A. Moyne	Béguin d	2	1	loc.
Wachs	Bibi ou l'Enfant de l'Amour	1	1	4 »
Moreau-Touzé	Belle-mère, nouveau jeu	1	3	loc.
Moreau-Gramet	Bougnol et Bougnol	4	2	loc.
Villebichot	Boum ! Servez chaud	3	2	4 »
Hubans	Breland de bègues	2	1	5 »
D. Bernicat	Cadets de Gascogne	troupe		loc.
Banès	Cadignette (La)	1	1	5 »
Javelot	Calino amoureux	2	1	9 »
Cellot	Canne d'un grand homme (La) d	2	2	loc.
Lebreton-Moreau	Ça porte bonheur	5	3	loc
V. Herpin	Capricorne (Le)	troupe	»	loc.
F. Barbier	Carmagnole (La)	3	3	5 »
Lebreton-Moreau	Carnaval conjugal (Le) d	9	9	loc.
Antigeon-Desplau	Cascadin et Cie	6	5	loc
Chalaud, Colonge Trauchant	Ce pauvre Bobinet	2	1	loc.
Chelu	Chambre à louer	1	1	2 »
Cuvillier	Chambre à part d	4	2	loc.
Henry Moreau	Chambre de bonne d	troupe	»	loc.
V. Roger	Chanson des Ecus (La)	3	1	4 »
P. Henrion	Chanteuse par amour (La) d	»	1	6 »
E. André	Chaos (Le)	1	1	4 »
Moreau-Boucherat	Chasse royale d	troupe	»	
Lebreton-Moreau	Chasseurs Alpins (Les) d	6	6	loc.
Cieutat	Chaste Suzanne (La) d	troupe	»	4 »
Yvel	Chéri des Dames	troupe		loc.
Dourel-Roydel	Chez la Costumière d	troupe	»	loc.
Meynard	Chez le dentiste	3	1	8 »
Lhuillie	Chez les Corniquets	1	»	1 »
C. Rosenquest	Chicard et Bébé	1	1	4 »
Ponnier	Chien et Chat d	4	1	5 »
Boulay-Layrice	Choc en retour d	2	2	loc.
Moreau-Gramet	Cinq contre un	3	3	loc.
Villebichot	Cirque Ponger's (Le)	troupe	»	6 »
Bessière	Clou (Le) d	2	2	loc.
L. Collin	Coco Bel-Œil	3	1	6 »
A. Petit	Cocotte et chiffonnier	1	1	5 »
Villemer Delormel Péricaud	Colosse de Rhodes (Le)	3	»	4 »
A. Petit	Confections pour dames	2	1	5 »
Lebreton-Moreau	Conscrits bretons (Les) d	7	5	loc.
L. Collin	Conscrit tyrolien (Le)	1	1	3 »
Lebreton-Moreau	Contrôleur des Wagons-Bars (Le)	5	3	loc.
Lebreton-Moreau	Cote et Cocottes	4	4	3 »
De Roze et d'Arsay	Culotte du marié (scène) (La)	1	»	1 »
Lebreton-Moreau	Dans cent ans d	2	11	loc.
Sourilas	Dégrafée d	1	3	5 »
Marc Sonal-Pierre Laurey	Départ du régiment (Le) d	5	10	loc.
L. Lefèvre	Dernier verre (Le)	3	1	4 »
F. Barbier	Deux amours de chandeliers	2	1	5 »
F. Matz	Deux avares (Les) d	2	1	8 »
Ch. Hubans	Deux coqs vivaient en paix	2	1	6 »
F. Gracia	Deux estafiers (Les)	2	»	2 »
M. Chautagne	Deux muses (Les)	3	»	4 »
F. Barbier	Deux parfaits notaires (Les)	2	»	4 »
Hervé-Lecocq	Deux portières pour un cordon d	3	»	4 »
Moreau-Boucherat	Diable au Moulin	5	8	loc.
Gramet-Talber	Doigt coupé (Le)	troupe	»	loc.
Saint-Maurice	Doubles Vierges (Les) d	troupe	»	loc.
Moreau-Gramet	Dragon pour deux	3	2	loc.
Sourilas	Drapeau jaune (Le) d	3	2	4 »
Bouvet-Sevry	Dupont et Dupont	4	3	loc.
Dollin, Boulay-Layrice	Duriflard	5	2	loc.
J. Domerc	Ecole buissonnière (L')	3	»	3 »
Yver-Septmons	Eh ! Ohé ! Ladrupette ! d	2	»	loc.
Trebla-Croisier	Elle ! d	4	1	loc.
Ed. Lhuillier	Elle débute ce soir	1	1	4 »
Delaruelle	El senor Piflardino	1	1	6 »
Marsay	En colonne d	troupe	»	loc.
Lebreton-Moreau	Enfant des halles (L') d	3	2	loc.
Jallais Hubans	Enlèvement des Sabines (L')	troupe	»	loc.
Guillemaud-de Marsan	Enfants d'Edouard (Les) d	2	3	loc
Lebreton-Duroc	Enragés d	4	4	loc.
Villebichot	Entre deux jardins	1	1	4
Lebreton-Duroc	Entresol d'Eugène d	4	6	loc.
Garnier-Vallès	Erreur de Bridouille (L')	3	2	loc.
Banès	Escargot (L')	2	3	6 »
A. Pajol	Esprits d'Argenteuil (Les)	4	3	loc.
D. Dihau	Eternel roman (L')	1	1	4 »
Garnier-Vallès	Exploits de Malichard (Les)	6	4	loc.
F. Beauvallet	Faites le jeu, Messieurs d	3	1	loc.

4° Y th
68/14

LES

FRANCS-TIREURS

DE LA MORT

Répertoire HENRY MOREAU

Pièces en un Acte

Chez **M. JOUBERT**, Éditeur, 25, rue d'Hauteville, 25, PRIS

A LA SOCIÉTÉ DRAMATIQUE

(Agence PELLERIN, 8, rue Hippolyte-Lebas.)

Chambre de bonne.............	2 h.	3 f.
Partie de Campagne.......... .	8 —	9 —
Les deux Mômes ....:...	6 —	5 —
La Mouche du Coche..........	4 —	2 —
Une nuit de Paris ... avec C. DORFEUIL	10 —	8 —
Après la vie de Bohême........	8 —	6 —
Paris aux Courses ... .,....	10 —	8 —
Le Nez de Cyrano.....	6 —	8 —
La Môme aux Camélias avec F. BESSIER	6 —	8 —
Les Aphrodites....	4 —	8 —
Miss Million...................	6 —	8 —
Chasse Royale.... avec H. BOUCHERAT	5 —	9 —
L'Enfant des Halles . avec B. LEBRETON	3 —	2 —
Autour d'une guérite..........	3 —	2 —
Trio de troupiers.............	5 —	2 —
Les farces du printemps...... .	5 —	3 —
Les Volontaires de 92	4 —	2 —
Friquet........	7 —	5 —
Les Chasseurs alpins..	6 —	6 —
Les Treize jours d'un Parisien..	8 —	6 —
Les Amoureux d'Yvonne.......	4 —	2 —
Miss Kissmy...................	5 —	3 —
Au Temps des Cerises........	5 —	3 —
La Petite Colonelle............	7 —	3 —
Nos Voisins	6 —	6 —
Dans cent ans	11 —	11 —
Carnaval conjugal..............	9 —	9 —
La Fille du Marin............ .	8 —	7 —
Les Trois Maçons............ ...	4 —	2 —
L'Héritière des Carapattas	8 —	8 —
Les Jocrisses du mariage.......	6 —	6 —
Les Conscrits bretons........ :	7 —	5 —
Monsieur Sans-Gêne	6 —	6 —
Le 13e Spahis................ ..	8 —	9 —
Les Petites Ménichon.........	8 —	10 —
Le Fils à Papa.....	4 —	6 —
Les Vierges du Chahut........	5 —	10 —
La Petite Baronne.....	6 —	9 —
Le Signe de Léda......	8 —	8 —

Dramatique : 39 Pièces

A LA SOCIÉTÉ LYRIQUE

Agence SOUCHON, 10, rue Chaptal).

Passe-moi ta femme!....	3 h.	3 f.
Professeur de chant............	1 —	1 —
Avant le Bal.	1 —	1 —
Une mauvaise nuit. . avec H. DARSAY	2 —	2 —
Le spiritisme des familles........	4 —	4 —
Les Carottiers..............	4 —	3 —
30.000 francs par an..	2 —	2 —
Les gaîtés du Bastion..........	5 —	3 —
Le Ménage Poire..............	2 —	2 —
La Pension Carabin.	5 —	4 —
Nos petites Chattes... avec A. GRAMET	3 —	3 —
Ma colonelle !...................	2 —	2 —
Cinq contre un	4 —	3 —
Bougnol et Bougnol...	4 —	2 —
La famille Nitouche.	3 —	4 —
Un dragon pour deux..........	3 —	2 —
A l'Étrier d'or	3 —	3 —
Gai ! gai ! mariez-vous!........	4 —	3 —
La Grève des facteurs. avec M. MARCUS	2 —	2 —
Tranquil' Hôtel......... .... avec DUROC	5 —	3 —
Les maris jaloux......	5 —	2 —
Le Diable au moulin. avec BOUCHERAT	6 —	8 —
Le Médjidié.......	2 —	2 —
Le petit Don Juan...........	6 —	6 —
Soldat!.. .... avec B. LEBRETON	5 —	5 —
Les petits Zouzous.	8 —	8 —
Le Contrôleur des wagons-Bars..	5 —	3 —
Ça porte bonheur...	5 —	3 —
Un mauvais Conscrit............	1 —	1 —
Les Noces d'or	1 —	2 —
Cotes et Cocottes	4 —	4 —
La Vocation d'Isoline	1 —	2 —
Le Frère de lait	1 —	2 —
Nourrices et Troubades	4 —	4 —
Mimi Vadrouille..... avec SOUDANT	9 —	10 —
Les francs-tireurs de la Mort. —	9 —	10 —

Lyrique : 37 Pièces

TOUS LES VENDREDIS paraît le *NOUVEAU JOURNAL*

Organe officiel des Artistes Lyriques et des Chansonniers.

Septième année. — Fondé en 1894.

Rédacteur en Chef : JACQUES FEROL

Directeur : HENRY MOREAU

Paris, 30, Boulevard du Temple, 30, Paris.

Un An : 10 Fr. — Le Numéro : 20 Centimes.

HENRY MOREAU & E. SOUDANT

LES

Francs-Tireurs

de la Mort

DRAME EN UN ACTE

Représenté pour la première fois à Paris

Au Théâtre Concert BATACLAN *(direction Moreau et Jacquet)*

Au mois de Mars 1900

PARIS

C. JOUBERT, Éditeur, 25, rue d'Hauteville.

Répertoire de la Société Lyrique.

Tous droits de traduction, de représentation et de reproduction réservés.

PERSONNAGES ET DISTRIBUTION

FRANÇOIS NETTER, aubergiste alsacien, 55 ans . . . . MM. Régiane.

PIERRE LE LOUP, chef des francs-tireurs, 45 ans . . . . Antony.

FERNAND LAURET, lieutenant d'infanterie, 30 ans . . . Rosien.

JEAN RANTZAU, garde-chasse, 48 ans . . . . Liessé.

FRITZ NETTER, fils de François, 18 ans . . . . Dembrevil.

FAVOLARD, soldat, 22 ans . . . . Paul Clerc.

VANAUVEL, braconnier.   ⎱   Gadaix.

MULLER, charron. . .   ⎰   Francs-tireurs de la mort . .   Angel.

CHRISTOPHE, vigneron. ⎱   Mansuelle.

GUERCHEL, serrurier . ⎰   Pippo.

DELPHINE NETTER, femme de François, 35 ans . . . . Mᵐᵉˢ Ch. Martens.

LUCIENNE DE VALNEUSE, espionne, 35 ans. . . . . . J. Carbet.

LA CHEVRETTE, vieille paysanne, 70 ans. . . . . . . Grandier.

SUZEL RANTZAU, 16 ans. . . . . Morly.

CATHERINE RANTZAU, 40 ans . . . . Symiane.

MARIE, fille de ferme . . . . Péraly.

LOUISE, femme de Guerchel. . . . . Reyar.

LISBETH, fille de Muller . . . . Colinette.

LES
FRANCS-TIREURS
DE LA MORT

Hommage amical à M. ROSIEN

Habile metteur en scène.

Adroit comédien.

Les auteurs reconnaissants

H. M. et E. S.

Une auberge alsacienne. Au fond, porte à deux battants donnant sur une place publique. Cheminée à gauche, face au public, au-dessus de la cheminée un fusil de chasse. Fenêtre au fond, à droite. A droite, une grande table assez longue pour qu'un corps d'homme puisse y tenir étendu. A droite, au 1er plan, un buffet, au-dessus du buffet une fenêtre. A droite 2º plan, porte conduisant à la cour. A gauche, 1er plan, porte conduisant aux chambres ; au 1er plan devant une autre porte une armoire pouvant se déplacer facilement équipée sur charnières si possible. A gauche 1er plan, une table de petite dimension ; à droite devant la fenêtre une autre table ou la huche à pain.

SCÈNE I

(Au lever du rideau, Netter, assis à la table de droite, compte des pièces d'or à la lueur d'une lanterne : deux petits sacs sont déjà fermés il finit d'emplir le troisième : il compte).

60... 80... 100... 20... 40... 60... 80... 100... çà y est !! En temps de guerre, les billets de banque, ça vaut rien. J'ai bien fait d'aller il y a quelque temps faire de l'or chez mon notaire, à Colmar !... faut savoir prendre ses précautions ! hé ! hé ! On le sait bien de Stainbourg à Saverne.. le père Netter est un malin... *(Bruit, effrayé, allant à la porte)* Hein ? Qui vient là ?... C'est-y bête ! j'ai peur ! Pourquoi donc que j'ai peur... je fais rien de mal en mettant mon or en sûreté... je veux pas que les Prussiens me le prennent, ni les Français non plus... on réquisitionne tout à cette heure ! mais le père Netter est un finaud... *(Il déplace péniblement l'armoire qui est au 2e plan à gauche)* Oui . un finaud. derrière cette armoire, j'ai fait moi-même une brèche dans le mur... c'est une cachette sûre qui conduit à un souterrain qui donne en plein champ... *(Il emporte les sacs, 4 heures sonnent au clocher)* Quatre heures... v'là le jour qui se lève... *(Il souffle sa lanterne qu'il va mettre sur le buffet.)* Les nuits sont courtes au mois d'août... on n'a rien entendu cette nuit... les combattants nous ont enfin laissés dormir tranquilles... les autres, du moins... car moi, j'ai passé la nuit à sauve-

garder mon bien... *(Il emporte sa lanterne)*
C'est que je crois que j'y tiens plus qu'à
ma vie, à mes écus... avec ça, qu'on n'en
gagne plus depuis cette maudite guerre... il
ne vient plus personne dans mon auberge...
maudite de guerre... *(Il disparaît et tire l'armoire sur lui.)*

SCÈNE II

Delphine, Pierre.

*(Après le départ de Netter, un silence, on frappe
à la porte du fond, discrètement.)*

PIERRE, *au dehors, d'une voix contenue.*

François... François...

DELPHINE, *entrant de droite.*

Qui appelle ?

PIERRE, *à la fenêtre de gauche, le jour vient
lentement.*

François... François...

DELPHINE

Ah ! c'est, vous Pierre... *(Elle va ouvrir la
porte dont elle fait manœuvrer la barre de bois).*
Bonjour Pierre.

PIERRE, *tenue de franc-tireur de la mort.*

Bonjour, Delphine... Déjà réveillée ?

DELPHINE, *n° 2.*

Ah ! je ne dormais pas ! Peut-on avoir du
sommeil, Pierre, quand on a les siens à la
guerre... quand je vous savais toute la nuit
exposé aux dangers d'une embuscade.

PIERRE, *n° 1.*

Bah ! Il ne faut pas vous inquiéter, Delphine : vous n'êtes pas la plus à plaindre...
mon frère, François Netter n'a pas encore
voulu s'enrôler avec nous, Fritz, votre fils,
voulait se faire franc-tireur et vous ne l'avez
pas voulu.

DELPHINE

Pas moi, Pierre : c'est mon mari qui lui a
défendu de marcher avec vous.

PIERRE

Toujours est-il qu'aucun des vôtres ne
risque sa vie.

DELPHINE, *n° 2.*

Aucun des miens ! eh bien, et vous, Pierre?
doutez-vous de mon estime... de mon ami-
tié... de mon...

PIERRE, *n° 1.*

Eh bien, non, Delphine, je ne doute pas de
vous ! Pardonnez cet instant de rancœur, la
poudre vous grise et la fatigue vous énerve.
Par ces temps troublés, on ne sait plus ce
qu'on dit, on ne sait plus ce qu'on fait... oui,
Delphine, depuis que notre chère Alsace
gémit sous la botte de l'envahisseur, j'ai
appris à vous connaître, à vous aimer.

DELPHINE

Oh ! Pierre !

PIERRE

Oui, à vous aimer, et ce n'est pas la femme
que j'aime en vous, Delphine, c'est la patriote
vaillante qui, en risquant sa vie, a essayé, il
y a huit jours, de faire sauter le pont de Saverne. C'est l'Alsacienne patriote qui nous
soutient et nous encourage. N'êtes-vous pas
un peu leur grande sœur à mes braves francs-
tireurs de la mort ? et n'êtes-vous pas digne
de lancer avec nous ce cri d'espoir et de
révolte : « Qui vive ! France quand même ! »

DELPHINE

Ah ! Pierre ! Je voudrais que mon Fritz vous
entende !... Comme il serait heureux ! Son
père, hélas ! lui tient un tout autre langage.
Si je n'y mettais bon ordre, il ferait de mon
fils un poltron et un lâche !

PIERRE

Chassez vos craintes ! mon neveu n'est
qu'un gringalet, mais c'est un homme et un
vrai ; je réponds de lui...

DELPHINE

Vos paroles, comme toujours, me récon-
fortent, Pierre... et puisque, ce matin, le
hasard nous met en présence, laissez-moi
crier le secret de mon cœur. Depuis des années, j'ai souffert les emportements d'un mari
avare et grossier et j'ai gardé le silence. Maintenant qu'avec le canon qui gronde, la mort
est tous les jours près de nous, laissez-moi
vous dire en toute franchise : Pierre, je vous
aime.

PIERRE

Vous avez raison, Delphine, une balle prus-
sienne peut fermer mes lèvres à jamais,

dans une heure, dans un instant peut-être !... je ne veux pas non plus emporter mon secret dans la tombe ! Delphine, je vous aime d'un amour sincère et loyal.

DELPHINE

Merci... merci...
(On entend le canon au loin.)

PIERRE, *il remonte à la fenêtre.*

Le canon recommence plus tôt que nous le pensions. Je cours rejoindre mes francs-tireurs ..

DELPHINE

Les Prussiens viendront-ils aujourd'hui à Stainbourg ?

PIERRE

Je ne pense pas. Pourtant, Vanauvel, le braconnier, que j'ai envoyé en éclaireur, a vu des uhlans rôder dans les bois de Saverne, mais ils se sont repliés sur Wissembourg. Je reviendrai voir mon frère ; j'ai à lui causer de mon neveu. *(Il remonte.)*

DELPHINE

De mon Fritzel ?

PIERRE

Mais oui... et de vous.

DELPHINE, *sur le seuil de la porte.*

De moi ? à quel sujet ?...

PIERRE

Vous saurez cela plus tard... Adieu.

DELPHINE

Au revoir.

PIERRE

Bah ! Adieu ! C'est plus sûr, quand le canon tonne. *(Quelques coups de feu).*

DELPHINE

Bonne chance, Pierre, mon cœur veille sur vous.

PIERRE

Cela me permettra de mourir, moi, un paysan, vrai chevalier français... pour l'amour de ma mie et pour mon pays... *(Il sort vive-*

ment et tourne à droite, Delphine reste au fond, le suivant des yeux).

DELPHINE, *songeuse.*

Pourquoi ne suis-je pas sa femme ? Pourquoi surtout suis-je l'épouse de son frère ?

SCÈNE III

Delphine, Netter.

(Netter pousse l'armoire. — Au bruit, Delphine se retourne).

DELPHINE, *descendant n° 2.*

D'où viens-tu de si grand matin ?

NETTER, *n° 1.*

Je viens d'où ça me plaît ! Et toi, quèqu' tu fais là ? je te croyais encore couchée. C'est y pour me surveiller que tu t'es levée si bonne heure.

DELPHINE

Te surveiller ! Ah ! bien oui, si tu te figures que tes cachotteries m'intéressent ! t'as encore passé la nuit à compter nos écus !

NETTER

Nos écus ! nos écus ! C'est pas les nôtres, c'est les miens ! C'est moi qui suis le patron de l'auberge, et le maître de la ferme. C'est moi qui gagne l'argent et puis c'est moi qui travaille le plus ici...

DELPHINE, *rangeant et essuyant le buffet à droite.*

Et les autres, y n' font rien, alors ! *(Elle descend près de la table).* Est-ce que, moi, je ne trime pas toujours ? et Fritz, notre gars, est-ce qui n'est pas le premier à la besogne ?

NETTER

Autrefois, je ne dis pas, mais depuis la déclaration de la guerre, personne ne fait plus rien. Si je t'avais laissé faire, t'aurais suivi les régiments pour soigner les blessés et notre fils aurait mis sac au dos ! Tu lui tournes la tête à ce petiot, comme s'il n'y avait pas assez de soldats sans lui ! malheur !

DELPHINE

Malheur sur toi, homme égoïste qui ne comprends pas que la Patrie a besoin de tous ses enfants pour la défendre...

NETTER

Assez ! ça va pas recommencer comme tous les jours ! Garde tes idées pour toi : j'aime pas entendre tes belles phrases ; c'est avec toutes ces sornettes-là que tu rends Fritz paresseux... A-t-il bougé à ce matin... y dort encore, ben sûr ! Fritz ! Fritz ! Faut-y prendre une trique pour l'éveiller ?

SCÈNE IV

Les Mêmes, Fritz.

DELPHINE, *à part, retournant au buffet.*

Quelle brute !
(Fritz, entrant, terminant de mettre son gilet de laine, de droite.)

NETTER, *nº 1.*

Ah ! te v'là tout d'même !...

FRITZ, *venant prendre le n° 2.*

Bonjour, la mère ! *(Il s'approche de Delphine, qui l'embrasse sans rien dire)* Bonjour, père.

NETTER, *lui tournant le dos.*

Bonjour ! bonjour !

FRITZ

Excusez... Excuse-moi, j'avais tant sommeil...

NETTER

T'as pas besoin de le dire : ça se voit. T'as encore les yeux tout bouffis ; c'est pourtant pas le travail qui te fatigue : on ne voit plus personne à l'auberge du Grand-Tilleul.

FRITZ

Tous les jours vous me faites des reproches ! C'est pas ma faute, père, si on est en guerre.

DELPHINE, *allant à la cheminée et gardant le n° 2. deuxième plan.*

C'est bon, Fritz : va donner à boire aux bestiaux.

NETTER, *s'asseyant à gauche de la table n° 1.*

Pas la peine qu'y se dérange : les trois vaches sont vendues de cette nuit, parties à minuit, enlevées par le boucher qui les a tuées et dépecées de suite pour en livrer aux soldats qui ont combattu toute la journée près de Thionville...

FRITZ, *n 3' un peu au milieu.*

Alors je vais soigner les cochons et donner à manger aux poules.

NETTER

Vendus aussi les cochons, au charcutier Metzger, qui les a grillés de suite et débités aux troupiers : les chefs ont payé la viande de cochon au poids de l'or : il paraît que le service de l'intendance a mal fonctionné, on a oublié de faire la distribution journalière...

DELPHINE, *descendant 2 près de la table un peu au-dessus.*

T'as vendu aussi nos poules ?

NETTER

Oui, j'ai tout vendu, et au comptant : j'ai vendu aussi le blé, l'avoine, l'orge et le houblon que j'avions en réserve... j'ai mis l'argent en sûreté ; on peut réquisitionner dans le village... j' n'ons plus d' bétail... plus de fourrage... plus rien !... les Prussiens peuvent venir... *(Delphine remonte à la cheminée tournant le dos au public).*

FRITZ, *serrant les poings.*

Les Prussiens ici ! Père !... C'est pas possible !

NETTER

Pas possible ! et pourquoi, mon gars ? Qui donc les empêchera d'entrer à Stainbourg ? C'est ni toi, ni moi, à ce que je pense. *(Delphine descend lentement).* Depuis deux jours, le gros de l'armée française s'est éloigné du village et retourne sur Metz. A Saverne, il n'y a plus qu'un régiment de ligne, et encore on dit qu'il doit plier bagages aujourd'hui.

DELPHINE, *tapant sur la table.*

Si les Prussiens viennent dans le village, ils trouveront à qui parler !

NETTER, *se levant et passant n° 3.*

Ouais ! v'là ta marotte qui te reprend ! tu veux parler de la bande de fous qui se morfond toutes les nuits dans les bois de Saverne ! Les imbéciles ! Pourquoi résister quand on est pas de force ! Pourquoi se faire tuer inutilement ?

FRITZ, *n° 2.*

Non, pas inutilement, mon père : chaque Français qui meurt rend plus belle notre cause... Oui, père, nous devons lutter, non seulement pour défendre nos villages et nos bois, mais aussi pour venger les braves qui déjà sont tombés dans nos sillons d'Alsace !

DELPHINE *nº 1.*

Bien, mon gars, bien.

NETTER

C'est ça, encourage-le ! La mère est aussi exaltée que le fils ! Parbleu ! ça se comprend ! c'est monsieur mon frère qui commande les francs-tireurs de Stainbourg ! et ma femme admire le capitaine Pierre Le Loup, comme on l'appelle ! Fameux capitaine !

FRITZ

Oui, père, fameux capitaine, et adoré de tout le village !

NETTER

Cet ancien sergent !

DELPHINE, *passant nº 2.*

Un sergent porté à l'ordre du jour, à Sébastopol.

FRITZ

Porté à l'ordre du jour à 22 ans ! C'est beau !

NETTER

Laissez-moi tranquille ! *(Il remonte.)*

DELPHINE

Un sergent qui a gagné la croix, quatre ans plus tard, à la bataille de Solférino.

(Elle remonte au fond puis revient au buffet prenant le nº 3).

FRITZ

Et bien gagné ; le père Rantzau me l'a conté souvent ; c'est un vieux de la vieille et il y était ! Ah ! le père Rantzau, encore un brave, celui-là !

NETTER

Je disais bien ; ta mère ne voit que par le capitaine et toi tu voudrais suivre les conseils de son second ; cette tête brûlée de Rantzau ; ce serait le bon moyen de gagner le cœur de sa fille.

FRITZ

Pas besoin de ça, mon père ; j'aime Suzel et Suzel m'aime…

NETTER

C'est possible, mais tu ne l'épouseras point ! une fille qui n'a pas seulement cent écus !

FRITZ

Mon oncle, qui est le parrain de Suzel, doit la doter…

NETTER, *passant au nº 1.*

Il ferait mieux de garder son argent pour lui ! On n'en a jamais de trop ! Il fait bien le malin, parce qu'il a été heureux dans des achats de terrains à Paris ! Qu'est-ce qu'il a, celui-là à s'occuper toujours de nos affaires !

DELPHINE, *qui est descendue peu à peu, passe vivement au nº 2.*

C'est-y Dieu possible d'avoir autant d'ingratitude ! Faut-il que je vous rappelle que votre frère nous a sauvés de la ruine… Sans Pierre, à cette heure, au lieu d'être un riche fermier, un aubergiste considéré, tu travaillerais chez les autres…

NETTER, *bas à Delphine, nº 1.*

J'ai rien oublié : mais si Pierre m'a rendu service, je ne lui en sais aucun gré : car j'ai bien compris que ce qu'il en faisait, c'était pour toi, rien que pour toi…

DELPHINE, *bas nº 2.*

Pour moi ?

NETTER, *bas à Delphine.*

Oui, pour toi, pour tes beaux yeux… Ah ! Delphine… faudrait pas me prendre pour une bête !

FRITZ, *comprenant qu'il gêne ses parents et descendant un peu.*

Je vais chez le boulanger voir si la fournée est cuite. Deux pains de 4 livres, c'est suffisant, c'pas ?

DELPHINE

Bien sûr, on ne voit personne.

NETTER, *il passe 2, allant vers la porte.*

Prends-en six, au contraire : on ne sait jamais… si les ennemis venaient par ici…

FRITZ

Vous voulez du pain pour eux !

NETTER

Tiens ! sans ça, ils casseraient tout dans mon auberge ! et pilleraient ma ferme… allons ! fais ce que je te dis ! Décampe !

FRITZ

J'y vais. *(Il sort par le fond).*

SCÈNE V

Netter, Delphine, *puis* Lucienne.

NETTER, *n° 2.*

Tu sais, Delphine, je ne veux pas d'obser-
vation devant Fritz ; ne recommence jamais,
sinon... *(Il lève la main).*

DELPHINE, *n° 1, mais à droite de la petite table.*

Tes menaces ne me font pas peur ! et je te
dirai toujours ce que je pense ! Tu devrais
avoir honte de méconnaître ton frère comme
tu le fais ! Voyons, François, rappelle-toi la
scène d'il y a dix ans, ici, à cette table... ton
frère t'a donné 15000 francs dont nous avions
besoin...Lorsque tu as voulu lui faire un reçu,
Pierre a déchiré le papier que tu lui présen-
tais !...

NETTER

Parce que tu étais là... il a voulu jouer au
grand seigneur... histoire de t'impressionner
un brin...

DELPHINE, *troublée.*

Ah bien ! en voilà une idée ! *(A part, descendant à l'avant-scène, en appuyant à droite et
garde le n° 3 à l'entrée de Lucienne).* Si c'était
vrai, pourtant !

NETTER

Silence !... on a frappé !... *(Il va ouvrir : paraît Lucienne de Valneuse, toilette sombre, grand
manteau ; à son bras gauche est le brassard blanc
d'ambulancière, avec la croix de Genève).*
Madame...

LUCIENNE, *entrant agitée.*

Bonjour, avez-vous une chambre de libre ?
*(Elle passe devant lui et vient s'asseoir à la table
de gauche. — Au n° 1).*

NETTER

Si j'ai une chambre, Madame... mais j'en ai
dix à votre service... *(Il reste au fond, devant la
porte qu'il referme).*

LUCIENNE

Je prends la plus chère... que l'on y fasse
du feu... j'ai besoin de me sécher.

DELPHINE, *s'approchant de la table.*

Madame voyage à pied, par ce vilain
temps !

LUCIENNE

Oh ! non ! je viens de Colmar et j'ai changé
de voiture à Wissembourg ; mais en arrivant
dans ce village, le cocher ayant peur de faire
réquisitionner son cheval, n'a pas voulu aller

plus loin. Servez-moi un bol de lait. *(Delphine
remonte à la cheminée où elle prépare le lait. —
(Préoccupée).* Est-il vrai que les Prussiens ne
sont qu'à 8 kilomètres du village ?

NETTER, *il va au buffet prendre un bol et une assiette.*

On le dit, mais personne n'en sait rien.
(Ouvrant la porte de gauche) Marie ?

MARIE, *apparaissant, figure niaise, en sabots,
mal habillée.*

Vous m'avez appelée, patron ?

NETTER

Oui, mettez des draps dans la chambre cinq
et faites-y un bon feu ! *(En suivant Marie il
met sur la table un bol et une assiette).*

MARIE

Tout de suite, patron. *(Elle sort à gauche,
passant au-dessus de la table et salue Lucienne
gauchement).*

DELPHINE, *descendant au n° 1, versant le lait.*

Voilà, madame !... Vous serez très bien ici
en attendant que votre chambre soit prête...

NETTER, *montrant le brassard de Lucienne.*

Tiens, je n'avais pas remarqué, vous êtes
ambulancière ?

LUCIENNE, *après un moment d'hésitation.*

Oui, oui, je suis ambulancière. *(Changeant
de ton)* Dites moi : il y a longtemps que vous
êtes dans le pays ?

DELPHINE

Nous y sommes nés tous deux !

LUCIENNE, *tout en trempant du pain dans son lait.*

Connaissez-vous un nommé Pierre Netter ?

NETTER

Vous ne pouviez mieux vous adresser... je
suis son frère !

DELPHINE, *à part.*

Elle connaît Pierre ? *(Elle remonte à la cheminée).*

LUCIENNE

Ah ! vous êtes son frère !... *(Avec hésitation)*
Est-il revenu dans ce pays ?

DELPHINE

Vous savez donc qu'il l'avait quitté ? *(Descendant n° 2 au-dessus de la table).*

LUCIENNE

Non, non : je voulais dire... demeure-t-il toujours ici ?...

NETTER

Oui, madame : mon frère est revenu s'installer ici en 1864... il y a 6 ans et depuis 64, il n'a plus quitté Stainbourg ; il n'est pas même retourné à Paris pour l'Exposition Universelle.

(Entre par le fond Favolard, soldat, en tenue de campagne, sac au dos, pans de la capote relevés, le fusil sous le bras).

SCÈNE VI

LES MÊMES, Favolard.

FAVOLARD, *saluant militairement.*

Salut, m'sieu, dames... pardon, excuse, sans vous commander, la maison du maire est-elle loin d'ici ?

NETTER (*n° 3*)

Non, mon garçon (*Il remonte et vient causer à Favolard sur le seuil de la porte*).

FAVOLARD (*n° 4*)

Un lieutenant de mon régiment n'est pas venu déjeuner ?

NETTER

Pas encore... (*Ils causent bas.*)

LUCIENNE, *se levant à part.*

Un soldat... allons dans ma chambre, c'est plus prudent *(A Delphine)* Madame, voulez-vous m'indiquer ma chambre,

DELPHINE

Volontiers, Madame (*Elle passe 2 et se retourne pour causer à Delphine*) de ce côté... C'est au premier étage... il y a une belle vue... on aperçoit le bois de Saverne...

LUCIENNE

Oh ! cela m'est indifférent !

DELPHINE

Je vous montre le chemin (*Elle sort par le premier plan gauche*).

LUCIENNE, *à part.*

Les bois de Saverne ! la chance me favorise ! (*Elle sort.*)

NETTER, *qui a fourni des explications au soldat.*

Vous avez bien compris, la deuxième à droite, une maison avec deux lions à la porte du jardin.

FAVOLARD

Parfait !... Je vais remettre ma lettre de service et je reviens ici... mon lieutenant m'a donné rendez-vous dans votre auberge... à la revoyure, patron ! (*Marie vient de gauche et débarrasse la table. Il sort en tournant à droite.*)

SCÈNE VII

Marie, Netter.

NETTER, *au fond, regardant le soldat s'éloigner par la gauche.*

Une reconnaissance, sans doute !... ça n'indique rien de bon ! Avec cette bougresse de guerre, on n'est jamais tranquille ! Marie ! enlève ça. (*Marie rentre de gauche, enlève l'assiette et le bol et va porter le tout sur le buffet. Netter descendant un peu*) Dis-donc, Marie, à quelle heure mon frère est-il parti hier soir ?

MARIE, *avec hésitation, n° 2.*

Je n'en sais trop rien : neuf heures et demie, peut-être !

NETTER (*n° 1*)

Avant de partir, il a causé avec la patronne !... (*Marie ne répond pas — ; lui saisissant le poignet.*)

MARIE

Ah ben dame, vous savez, notre maître !

NETTER

Mais parle donc, espèce de buse, allons, voyons, parleras-tu... si tu ne veux rien dire, je te chasse !

MARIE, *avec frayeur.*

Oh ! non, not' maître ! vous ne ferez pas cela !...

NETTER

Alors, obéis, si tu n'obéis pas, je te flanque dehors. Voyons, rappelle-toi bien... tu me disais que Pierre avait causé avec ma femme, avant de s'en aller rejoindre sa bande de francs-tireurs.

MARIE, *faisant un effort pour se rappeler.*

Oui ! not' maître,

NETTER

Sont-ils restés longtemps ensemble ?

MARIE

Vingt bonnes minutes pour le moins !

NETTER

Ils parlaient à haute voix ?

MARIE

Oh ! que non ! Ils parlaient en catamimi !

NETTER

Quel air avait la Delphine ?

MARIE

Elle semblait fort émue.

NETTER

De quoi qu'y parlaient ?

MARIE

Ah çà ! not' maître, j'en savions rien : mais en se quittant, ils se sont embrassés.

NETTER

Que mon frère embrasse sa belle-sœur, c'est tout naturel ?...

MARIE, *riant.*

Ah ! mais là ! C'est qui m'a semblé qui s'embrassiont point comme frère et sœur !...

NETTER, *furieux.*

C'est bien, va-t'en, va-t'en ! *(Il la prend par le bras et la fait passer au n° 1.)*

MARIE

Mais notre maître...

NETTER

Fous-moi le camp !... *(Marie sort vivement à gauche.)* J'en étais sûr ! Ils s'aimaient jadis... Ils s'aiment toujours !... Et je serais assez bonasse pour supporter cela dans ma maison !... non ! non ! V'là trop longtemps que ça dure !

SCÈNE VIII

LES MÊMES, Fritz, *puis* **Favolard.**

FRITZ, *rentrant du fond.*

Il n'y avait plus qu'un pain... je l'ai pris... dès qu'il sortira sa fournée Broutmann en apportera cinq. Depuis hier, on lui enlève tous ses pains.

NETTER

Pardi ! Tout le monde se précautionne... par crainte de quelque chose !... *(Favolard passe devant la fenêtre, venant de droite).*

FRITZ, *qui est allé serrer le pain dans le buffet.*

Tiens ! un lignard, il vient ici !...

FAVOLARD, *n° 2.*

Bonjour, patron. me revoilà ! j'ai trouvé tout de suite ! mon lieutenant n'est toujours pas venu ? je vais l'attendre en cassant la croûte.

FRITZ, *lui présentant une chaise à gauche de la table de droite.*

Tenez... asseyez-vous là.

FAVOLARD

Un verre de vin... du pain... du fromage.

NETTER, *il remonte à la cheminée.*

Dites donc, soldat, c'est cher tout ça par le temps qui court.

FAVOLARD

Vous occupez pas de ça, patron... j'ai touché un mandat hier... faut-il vous payer d'avance ?

FRITZ, *servant le soldat avec empressement.*

Mais non... c'est inutile... le père disait ça, histoire de rire ..

NETTER, *à part, n° 1, fond.*

Imbécile, va ! C'est bien le fils de sa mère ! Il est jamais pressé de faire payer celui-là.

FAVOLARD, *mangeant avidement.*

Cristi ! C'est bon de bouffer... quand on a faim !

FRITZ

C'est plaisir de vous voir manger, camarade.

NETTER, *à part.*

Faut que j'aille voir ce que manigance ma femme avec la voyageuse ! Delphine est bien longue à redescendre... *(A Fritz.)* Dis donc, *(Fritz passe au-dessus de la table et vient prendre le n° 2.)* Fais attention à ce qu'il consommera et compte lui bien ce qu'il dépensera... les vivres ont augmenté...

FRITZ, *bas à Netter.*

Alors, faudra le faire payer ?

NETTER

Et pourquoi donc qu'il ne paierait pas ?

FRITZ

C'est un soldat !...

NETTER

Ah ! ben ! en v'là bien d'une autre ! Qu'est-ce qui te prend ? Les soldats, c'est des clients comme les autres ! Les soldats on devrait leur z'y faire payer double. (*Mouvement de Fritz*) Si y avait pas de soldats, y aurait pas de guerre !...

FRITZ

Voyons, père...

NETTER

C'est bon ! Fais ce que je te dis, ou gare à tes côtes !.. (*A part*) Foutue bête, y sera jamais riche, c'l' imbécile-là. (*Il sort à gauche 1er plan*).

FRITZ, *à Favolard.*

Tiens ! vous ne quittez pas votre fusil pour manger ?

FAVOLARD

En marche, ça nous est formellement défendu ! bon Dieu de bon Dieu ! Que j'avais faim !

FRITZ, *apportant un jambon qu'il a décroché de la cheminée et venant n° 2 au-dessus de la table.*

Si le cœur vous en dit, ne vous gênez pas... prenez une tranche de jambon.

FAVOLARD (*n° 2*)

Après le fromage ? Bah ! à la guerre comme à la guerre ! Tout fait ventre pourvu que ça entre ! Puis, vous êtes trop poli pour que je n'accepte pas... je vais m'en couper une tranche, et une belle ! bath !...

FRITZ, *venant s'asseoir à droite de la table.*

Votre régiment est loin d'ici ?

FAVOLARD (*n° 1*)

Nous avons passé la nuit près de Wissembourg...

FRITZ (*n° 2*)

Et vous allez loin ?

FAVOLARD

Ah çà !.. où l'on va, on ne sait jamais ! Y a que les chefs et encore des fois, ils ont l'air de ne pas le savoir eux-mêmes ! Pourtant, mon lieutenant m'a dit que notre section irait faire une reconnaissance jusqu'au bois de Saverne. Paraît que nous devons essayer de surprendre les avant-postes ennemis, la nuit prochaine....

FRITZ

C'est une mission dangereuse, camarade !

FAVOLARD, *la bouche pleine.*

Je vous crois ! c'est pour cela qu'il faut bouffer !... en guerre, on ne sait jamais ce qui peut arriver. ce qui est boulotté est boulotté ! (*Se levant et prenant le milieu de la scène*) Encore un que les Prussiens n'auront pas ! Ah ! ce que je me les suis calées ! comme on dit à la Bastille !

FRITZ, *le suivant.*

Ah ! vous êtes Parisien ?

FAVOLARD

De père en fils ! mon père est né rue de Charonne, moi rue Sedaine ; la mère est du Boulevard du Temple... mais tout ça, c'est de l'hébreu pour vous, pas vrai ?

FRITZ

Pas tout à fait. Je ne suis jamais allé à Paris, mais mon oncle m'en a souvent parlé.

FAVOLARD

Il habite Paris, votre oncle ?

FRITZ

Il y est resté des années, maintenant il demeure ici : il est soldat comme vous, c'est lui qui commande la compagnie franche de Stainbourg.

FAVOLARD

Le capitaine des francs-tireurs de la mort ! Pierre Le Loup, alors ! paraît que c'est un lapin !

FRITZ, *n° 2.*

Oui, c'est un brave. Ses francs-tireurs de la mort, c'est une idée à lui.

FAVOLARD

Je comprends : c'est pour rappeler les hussards de la mort de la cavalerie allemande.

FRITZ

Je voulais m'enrôler avec eux. . je n'ai pas pu... ah ! ce n'est pas parce qu'ils m'ont trouvé trop faible, mais je suis mineur, et le père n'a pas voulu. (*Allant au buffet*). Mais vous accepterez bien un verre de kirsch, c'est offert de bon cœur.

FAVOLARD

Volontiers.

FRITZ, *apportant une bouteille et deux verres.*

Tenez, c'est limpide comme de l'eau, ardent comme le feu !

FAVOLARD, *s'asseyant.*

C'est peut-être mon dernier verre !... C'est un refrain pas gai ! mais on se répète ça tous les jours et on s'y fait !... pourtant si je laisse ma peau ici... je connais une femme qui mourra certainement de chagrin...

FRITZ, *resté debout au-dessus de la table.*

Votre mère ?

FAVOLARD

Non ; je suis orphelin. C'est ma femme.

FRITZ

Vous êtes marié ?

FAVOLARD

Ça vous étonne, hein ? C'est une ancienne connaissance que j'ai épousée... une petite brunisseuse de 18 ans, une gentille Parisienne au minois éveillé... on s'aimait... et je me suis marié avant de partir soldat.

FRITZ

Quelle idée ?

FAVOLARD

On ne pensait pas à la guerre, il y a un an. Puis la petite allait avoir un bébé !... Ah ! tonnerre des cinq cents diables, si je savais qu'une balle doive me trouer la peau demain... *(ému)* Mon petit Lucien, orphelin à onze mois ; Céline Favolard, veuve à 19 ans... *(Brusquement il essuie ses yeux avec son poing fermé, changeant de ton)* Allons, encore un verre, et buvons à la paix universelle !...

FRITZ

J'aime mieux boire d'abord à la grandeur de la France !... *(Le lieutenant Lauret, jugulaire baissée, revolver au côté, est entré sans être vu des deux buveurs.)*

SCÈNE IX

LES MÊMES, Lauret, *puis* Vanauvel.

LAURET, *à Fritz.*

C'est toi qui as raison, mon ami !

FAVOLARD, *se levant et saluant.*

Mon lieutenant !

LAURET, *descendant au n° 1.*

Avant de penser à la paix universelle, il faut songer à la grandeur de la Patrie. Un soldat qui a du cœur et le sentiment de son devoir doit aimer son pays par-dessus tout...

Voilà ce que ton lieutenant avait à te dire, caporal ; l'homme maintenant ajoutera, mon garçon, que tous les esprits éclairés souhaitent comme toi, la fin des guerres meurtrières, et le maintien de la Paix universelle, par la fraternité des peuples.

FAVOLARD

Alors vous ne m'en voulez pas, mon lieutenant ?

LAURET

T'en vouloir, et pourquoi ?... tu es le plus ronchonneur, mais aussi le plus brave de la compagnie... Je sais que l'on peut compter sur toi, et je vais te le prouver ; tu vas retrouver ton escouade près de la mairie, et tu partiras avec le sergent Jourdan en patrouille rampante... *(Fritz débarrasse la table pendant cette tirade, puis il va raccrocher le jambon et garde le n° 1.)*

FAVOLARD

En patrouille rampante. Ah ! chouette, ça me va, mon lieutenant, ça me rappellera les Fugitifs au théâtre du Châtelet.

LAURET

Le maire va m'envoyer pour vous guider dans votre reconnaissance, un ancien braconnier, qui connaît tous les bois du pays comme pas un... moi, je vais m'occuper du gros de l'extrême pointe... *(Il remonte à la fenêtre n° 3.)*

FAVOLARD, *sortant de la monnaie, à Fritz.*

Eh ! Monsieur l'aubergiste !.. l'addition, s'il vous plaît ! vous ne comprenez pas... Qu'est-ce que je vous dois ?... *(Il passe n° 2)*

FRITZ

Rien du tout... un soldat français payer ici... ça ne serait pas à faire !...

FAVOLARD, *lui serrant la main.*

Vous êtes très chic... n'empêche que si monsieur votre papa était là... ça ne lui irait guère... Il n'a pas l'air de les attacher avec des saucisses, votre paternel...

FRITZ

Bah ! je ne lui dirai pas !

(Paraît au fond, un franc-tireur, blanc de poussière, avec une musette et son fusil, Vanauvel ; il a son képi et sa plaque de garde champêtre.)

VANAUVEL, *entrant et faisant le salut militaire, n° 3*

Mon lieutenant, je suis à vos ordres !... *(Il reste près de la porte.)*

LAURET, *n° 4.*

Le maire vous a passé la consigne...

VANAUVEL

Conduire vos hommes jusqu'au calvaire de Valerzorht et les faire mettre en embuscade sur la lisière des bois de Saverne...

LAURET

C'est cela même!... Tu peux partir, caporal... *(Il passe n° 3. — Vanauvel n° 4 au fond.)* Et veille bien surtout à ce que les hommes de ton escouade aient leurs paquets de cartouches défaits... les fusils au cran de sûreté et ne fais tirer qu'à la dernière extrémité.

FAVOLARD

Bien, mon lieutenant. *(Fausse sortie.)*

LAURET, *leur serrant la main.*

Donne-moi une poignée de main et en route.

FAVOLARD, *descendant n° 2.*

Une poignée de main, à vous, mon lieutenant...

LAURET, *n° 3.*

Au moment d'aller combattre, il n'y a plus ni chefs, ni soldats, mais des Français unis devant le danger, égaux devant la mort !... *(Il sert la main de Favolard, qui sort avec Vanauvel.)*

SCÈNE X

Lauret, Fritz, Marie.

FRITZ, *n° 1.*

Mon lieutenant, vous venez pour déjeuner, n'est-ce-pas ? Je vais dresser votre couvert.

LAURET, *songeur n° 2.*

Inutile, je déjeunerai plus tard... si j'en ai le loisir ; je ne reste qu'un instant, le temps de jeter un coup d'œil sur cette carte et je rejoins le restant de la compagnie qui m'attend dans le ravin en contre-bas du moulin...

FRITZ, *prenant un verre sur le buffet.*

Un petit verre de kirsch... seulement, mon lieutenant, c'est si vite fait !

LAURET

Soit... *(Fritz court au buffet et lui verse un verre)...* le temps de griller une cigarette.

LAURET

Mon jeune ami... Si vous avez quelque chose à faire, ne vous gênez pas pour moi... ne craignez pas de me laisser seul...

FRITZ

Puisque vous me rendez ma liberté, je vais à la maison voisine !...

LAURET

Ah ! ah ! celle où habite une si jolie fille... une Gretchen aux yeux bleus faïence et aux cheveux blonds.

FRITZ, *rougissant.*

Vous... vous avez remarqué, mon lieutenant ?

LAURET

Oui, en passant, je lui ai demandé l'auberge du Grand-Tilleul... elle est charmante, cette enfant ! Ah ! gredin ! je devine à votre trouble... C'est votre future, sans doute ?

FRITZ

Oui, mon lieutenant... nous nous aimons... seulement, elle est pauvre, et moi je suis presque riche... alors, on nous sépare pour de mesquines questions d'intérêt... on nous défend d'être heureux.

LAURET

Raison de plus pour aller voir votre bonne amie... Allez, allez, que je ne vous retienne pas !. .

FRITZ, *partant par le fond.*

Je profite de la permission !...

SCÈNE XI

Lauret, *puis* Lucienne.

LAURET, *pensif.*

C'est jeune ! c'est gentil ! c'est sincère ! *(Consultant la carte)* La clairière est proche du moulin... le gué pour les hommes... si on avait le temps... on pourrait avec un pont de bateaux. *(Il s'accoude sur la table, tournant le dos à la porte gauche : apparaît à cette dernière Lucienne de Valneuse).*

LUCIENNE, *à part.*

Un officier !... si j'essayais d'obtenir quelques renseignements !... *(S'approchant)* Pardon, Monsieur...

LAURET, *se levant, sans se retourner.*

Madame ! *(Il se retourne pour saluer)* Vous!... vous ici !

LUCIENNE

Fernand Lauret !... (*A part*) Fâcheux contre-temps ! (*Redevenue maîtresse d'elle-même, elle s'assied à droite de la table de gauche*) Si je comptais rencontrer quelqu'un de connaissance à Stainbourg, dans cette simple auberge d'Alsace, ce n'était certes pas vous !... Fernand... M. Fernand !...

LAURET, *rangeant vivement sa carte.*

J'avoue que ma surprise égale la vôtre.

LUCIENNE

Comme c'est bizarre, cette rencontre ! moi, je ne le regrette pas ! (*Mouvement de Lauret*) J'ai grand plaisir à vous voir, Fernand, après cinq ans d'une cruelle séparation.

LAURET, *tremblant de colère.*

Vous auriez peut-être mieux fait, Madame, de ne pas réveiller ces tristes souvenirs... Il y a sept ans, en sortant de Polytechnique, je vous ai rencontrée pour la première fois dans le salon assez mal fréquenté du diplomate et cosmopolite Milson ; ai-je été assez simple... ai-je été assez naïf... dire que pendant deux ans, j'ai cru réellement que vous m'aimiez..... j'ai eu confiance en vous ! en vous ! en vous !...

LUCIENNE

Au ton de vos paroles, je comprends maintenant les raisons de notre rupture. Ainsi, Fernand, vous avez ajouté foi à cette ridicule histoire d'espionnage, à laquelle j'ai été si malheureusement mêlée... je n'y étais pour rien, je vous jure...

LAURET, *s'approchant.*

Assez d'impudence, Madame : car depuis vous avez failli être arrêtée, il y a deux ans, dans les Alpes. C'est sans doute pour exercer votre infâme métier, qu'après avoir visité les frontières d'Italie... vous venez surveiller nos frontières de l'Est !...

LUCIENNE

Moi ! mais vous êtes fou, Fernand ?

LAURET

Votre voix tremble et j'ai deviné juste : que feriez-vous ici sans cela ? Seule, à nos avant-postes, si près de l'ennemi.

LUCIENNE

Je suis ambulancière fraçaise !...

LAURET

Ambulancière ! Vous ! Allons donc ! vous avez l'audace de porter ce brassard qui jette sur votre personne une espèce de sauf-conduit ; c'est, en effet, un insigne bien choisi afin de pouvoir exercer... impunément, votre répugnante mission. Je ne sais ce qui me retient de vous faire arrêter sur-le-champ.

LUCIENNE

Moi, arrêtée, et pourquoi ?

LAURET

Comme espionne ! oui ! comme espionne !...

LUCIENNE, *à part.*

De l'audace, ou je suis perdue ! (*Haut, subitement calme.*) Cessez vos soupçons injurieux Fernand. Laissez-moi vous expliquer le véritable motif de ma présence dans ce village. Je vais vous confier un secret, secret de famille que je livre à votre honneur. Quoique italienne de naissance, j'ai été mariée, il y a dix ans, à un jeune Français du nom de Pierre Netter...

LAURET

Vous, Lucienne de Valneuse, mariée !

LUCIENNE

Je m'appelle tout simplement Mme Pierre Netter. Cette maison est celle de mon beau-frère. Je suis revenue dans ce pays parce qu'un de mes amis vient de mourir, en me portant sur son testament... Pour toucher cet héritage, il me faut l'autorisation légale de mon mari c'est la loi... voici l'unique et véritable cause de mon voyage... (*à part, se levant*), la seule que je puisse avouer du moins ! (*On entend au loin quelques coups de feu isolés et le canon*).

LAURET

Excusez-moi, Madame... mon service m'appelle.

LUCIENNE

Fernand, avant de partir, dites-moi que vous me pardonnez. Fernand un mot de pardon pourrait changer bien des choses !...

LAURET

Adieu, Madame, un amant peut pardonner la trahison d'une maîtresse ; un officier ne peut pardonner la trahison d'une espionne !.. (*Il sort.*)

LUCIENNE, *seule, après un silence, frémissante de rage.*

Espionne !... eh bien soit ! l'espionne saura faire te payer cher les insultes dont tu lui as cinglé le visage ! Tant pis pour lui ! Tant pis pour les autres !... Je suis Italienne et je vais me venger... (*Elle sort par la gauche. Entre par le fond Fritz, puis Marie.*)

SCÈNE XII

Fritz, *puis* Marie, *puis* Vanauvel, Muller, Guerchel, Christophe, Rantzau, Pierre, Suzel, Louise, Françoise, Lisbeth.

FRITZ, *entrant du fond et allant à la porte de gauche.*

Mère, viens vite ! voici l'oncle Pierre ! *(Les Francs-tireurs entrent, suivis par les femmes : on voit d'abord Vanauvel, Muller, Guerchel, Christophe, puis Catherine, Suzel, Louise, Françoise, ensuite Rantzau et Pierre Netter, Vanauvel, Muller, Guerchel et Christophe descendent à droite devant la table).*

FRITZ, *n° 2, à Suzel n° 3.*

Et le père Rantzau, Suzel... le père Rantzau n'est pas là ? *(Catherine est passée au-dessus de la table et reste au n° 1 jusqu'à l'entrée de Delphine.*

SUZEL

Mais si... mais si...

RANTZAU, *entrant du fond n° 4.*

Présent, le père Rantzau... bon pied... bon œil... tu ne voudrais pas, ma fille, qu'un vieux dur-à-cuire de garde-chasse se fasse tuer au commencement de la guerre... à la fin, je ne dis pas...

FRITZ

Oh ! monsieur Rantzau !

RANTZAU

Ah ! te voilà, mon garçon. *(Il lui serre la main.)*

DELPHINE, *paraît à gauche, elle entre, Catherine va lui serrer la main*

CATHERINE, *n° 2.*

Bonjour, Delphine...

DELPHINE, *n° 1.*

Bonjour, Catherine... mais Pierre... mon beau frère, n'est pas avec vous ?

RANTZAU

Pierre Le Loup pas avec nous ? manquerait plus que ça !

DELPHINE

Il ne lui est rien arrivé ?

RANTZAU

Rien... ou presque rien... il vous racontera cela lui-même... il va venir ; il s'est retardé avec le maître d'école.

FRITZ

Le voici !... Ciel ! Il est blessé !...

DELPHINE

Blessé ? Pierre !... *(Elle s'élance au-devant de Pierre. Pierre paraît. Sous son képi, on aperçoit bandeau sanglant).*

PIERRE, *n° 6.*

Ce n'est rien... une balle qui m'a éraflé le front.

DELPHINE, *n° 5.*

Grand Dieu ! Que j'ai eu peur, Pierre ! *(Ils causent.)*

CATHERINE, *à Rantzau.*

Te v'là-t-y fait, mon homme ! T'en as de la boue ! je vais te brosser tout-à-l'heure.

RANTZAU

Pas la peine, Catherine, demain y en aura autant.

CATHERINE

Tout de même tu viendras à la maison te rapproprier un peu ?

RANTZAU

Oui, notr' femme, oui.

SUZEL

Papa, je t'ai préparé une soupe bien chaude et tes chaussons fourrés sont devant le poêle.

RANTZAU

Chère Suzel ! *(Il l'embrasse).*

CATHERINE

Et ta pipe est toute prête...

RANTZAU

La fumée m'en vient à la bouche. . *(Ils remontent tous les trois devant la cheminée.)*

LOUISE, *à Guerchel.*

Dis-donc, Guerchel, vas-tu coucher dans ton til, c'te nuit ?

GUERCHEL

Je ne crois pas, la Louise, je ne crois pas.

LOUISE

C'est embêtant, les nuits sont fraîches.

GUERCHEL

Tu me regrettes.

(Catherine 1, Rantzau 2, Suzel 3, Fritz 4).

LOUISE

Oui, quand t'es pas là, j'ai les pieds gelés ! *(On rit)*.

CHRISTOPHE

Pierre Le Loup, avec votre permission, on boirait bien un coup.

DELPHINE

Je vais vous faire apporter du vin gris... Marie, va prévenir le patron. *(Marie qui est entrée de droite au moment de l'arrivée des francs-tireurs sort à gauche)*.

MARIE

Du vin gris, moi qui aime tant ça... si je pouvait en licher un coup en route. *(Elle sort)*.

SCÈNE XIII

LES MÊMES, la Chevrette.

(On entend au dehors la Chevrette crier d'une voix désolée) Mon gars ! mon gars ! où est mon gars ?

FRITZ, *allant au fond.*

C'est la Chevrette.

DELPHINE

La grand'mère à Beaurain !...

PIERRE

Pauvre femme ! Son fils a été tué il y a quatre jours à Sarrebruck, et cette fois, le petit-fils vient de le rejoindre là-haut.

LA CHEVRETTE, *entrant du fond, l'air égaré.*

Beaurain !...où est Beaurain !...mon pauvre gars ! où est-il ?

DELPHINE

Il va venir, ma bonne Chevrette... il va venir... faut pas vous inquiéter... Il n'est que blessé, n'est-ce pas, Pierre ?

PIERRE, *se découvrant.*

Oui... oui... il est blessé .. grièvement.... très grièvement ..

LA CHEVRETTE, *prenant le milieu de la scène, les francs-tireurs remontent, ce sont les femmes qui écoutent anxieuses et angoissées les plaintes de l'aïeule.*

Blessé ! Il n'est que blessé !... est-ce bien sûr ce que vous me contez là !... où est-il alors ? où l'avez-vous transporté ?... Pierre Le Loup te v'là tout tremblant ! Tu n'oses pas me regarder en face ! les yeux d'une vieille bonne femme comme moi n'ont pourtant pas le pouvoir de faire baisser les tiens !... jure-moi sur ton honneur que mon gars n'est que blessé... tu hésites... tu n'oses pas jurer !... *(Eclatant en sanglots)* Ah !... mort !... Ils l'ont tué, mon gars ! mon beau gars ! c'est tout ce qu'il me restait de mon fils... c'est pas juste... c'est pas juste... le père avait 40 ans, le petiot n'en avait que vingt... vingt ans... et grand... et fort... et loyal... c'est pas juste... *(Elle pleure, puis tombant à genoux et grattant la terre)* Aidez-moi à l'ensevelir !... dépêchons-nous... voyez... mes ongles grattent la terre pour abriter du froid le corps de mon petit gars !... Pauvre petit !... Comme il me regarde... comme il est beau ! va ! ta vieille Chevrette ira te bercer dans ta couchette, pleure pas, mon gars, ne pleure pas ; ta vieille mère est là, elle va te bercer... pour que tu dormes bien !... fais dodo, mon gars ! *(A l'assistance)* Chut !... *(Elle s'en va lentement)* Pas de bruit ! Il va dormir longtemps... longtemps... du sommeil de l'éternité ! *(Elle s'écroule, puis soudain, se relève transfigurée)* C'est les Prussiens qui me l'ont pris !... C'est les Prussiens qui m'ont tué mes deux gars... à mon tour de tuer des Prussiens... le fusil de Beaurain est chez nous... oui, c'est cela... tous les jours j'en descendrai deux... allons, faites-moi place... faites-moi place... je vais venger les gars d'Alsace !...*(Elle sort tragique.)*

PIERRE

Delphine, tâchez de la consoler...
(Delphine sort vivement par le fond).

SCÈNE XIV

LES MÊMES, *moins* la Chevrette *et* Delphine, *puis* Marie *et* Netter.

PIERRE

Camarades, nous allons boire un coup sur le pouce, il faut aller renouveler vos provisions... Vous prendrez le plus de cartouches que vous pourrez !... le régiment de ligne qui est en embuscade dans les bois de Saverne compte sur nous cette nuit pour commencer la danse.

RANTZAU

L'affaire sera chaude... tant mieux... les nuits sont fraîches.

CHRISTOPHE

Avec un petit verre de vin gris, on sera bien disposé.

PIERRE

Sacré Christophe ! il ne pense qu'à boire il a raison ! vous l'avez bien gagné ! Voici justement mon frère !

MARIE, *entrant.*

V'là les gobelets.

NETTER

Et v'là le vin gris ! Bonjour tout le monde et la compagnie (*Tout le monde s'assied autour de la grande table.— Fritz et Suzel restent devant la cheminée au n° 1 et 2. — Netter s'assied au milieu de la scène au n° 3. — Pierre a le n° 4 — Rantzau le n° 5, les autres en suivant*).

MULLER

Netter, viens trinquer avec nous ! C'est moi qui paie la tournée.

NETTER

Du moment que c'est pas moi qui paie, j'accepte toujours. (*Il s'assied, Marie verse à boire*).

FRANÇOISE, *à Muller.*

Crois-tu, père, monsieur Erckman qui est venu te demander pour réparer une voiture!...

MULLER

Que lui as-tu répondu ?

FRANÇOISE

Je lui ai dit que tu étais en train de faire le coup de feu contre les Prussiens et que les voitures, ça se réparerait après la guerre.

MULLER

T'as bien fait, Françoise.

MARIE, *buvant en cachette, à même la bouteille.*

Qui veut du vin !... Videz vos verres !... qui veut du vin ?

NETTER

Te tairas-tu, pie borgne... tous... les verres sont pleins, tu peux pas les emplir plus que davantage, y me semble ! (*Marie sort à gauche en buvant à même le pichet.*)

PIERRE

Si tous les verres sont pleins... buvons à notre santé.

RANTZAU, *se levant.*

Avant, permettez à un vieux de la vieille de boire à la santé de Sa Majesté

NETTER

C'est ça à la santé de l'Empereur !

MULLER

Vous occupez donc pas de l'Empereur... si vous vous figurez qu'il s'occupe de nous !

CHRISTOPHE

C'est justement ce qu'on lui reproche de ne pas s'occuper de nous !...

RANTZAU

A la santé de l'Empereur ! (*Silence.*)

PIERRE

Voyez, père Rantzau personne ne répond... pour mettre tout le monde d'accord. (*Avec force*) Je porte un toast à la 3ᵉ et future République.

NETTER

La République ! Qué balançoire ! encore tes chimères !...

PIERRE

Une chimère !... non pas mon frère !... Qui sait ce qu'un avenir prochain nous réserve ? Qui peut répondre que le peuple de France ne mettra pas bientôt toute son espérance et sa foi dans ce cri, encore séditieux aujourd'hui ? Vive la République. Je bois à l'avènement de la République !

Tous, *lèvent leurs verres à l'exception de Netter.*

Vive la République !

NETTER, *se levant, à part, descendant n° 3.*

Y vont me faire avoir du désagrément avec la gendarmerie, ces bougres d'imbéciles ! avec leur sacrée République !

CHRISTOPHE. *n° 4, en tenant toujours compte de Fritz et de Suzel.*

Le père Netter, à quoi que vous pensez dans votre coin, vous savez que notre effectif est pas complet ?

GUERCHEL

Oui, ce serait le moment de venir avec nous.

NETTER

Je voudrais bien... mais je n'ai jamais tenu de fusil de ma vie !

FRITZ, *descendant n° 2.*

Père, si tu le veux, avec ta permission, je te remplacerai !...

NETTER

Qui qui t' parle, à toi ! Fiche-nous la paix !

CHRISTOPHE

La paix ! C'est ce que nous demandons tous ! *(Il remonte, on rit.)*

PIERRE

C'est pour avoir la paix qu'il faut savoir faire la guerre ! *(On entend, dans le lointain, vers la droite, le bruit du canon.)*

MULLER, *se levant.*

V'la le canon qui recommence.

RANTZAU, *allant à la fenêtre.*

Il est loin ! Ce doit être du côté de Vissem-bourg !

GUERCHEL

Vissembourg !... Ces rossards-là auront encore fait un mouvement tournant... *(Canon et fusillade.)*

DELPHINE, *entrant de droite 2ᵉ plan.*

Pierre, Pierre ! on doit se battre dans les bois de Saverne. *(Elle reste à droite).*

PIERRE

Nous allons voir ça... vite, Vanauvel, va retrouver les lignards et tâche d'avoir des nouvelles...

VANAUVEL

Compris. *(Il sort.)*

PIERRE

Mes amis, allez prendre des munitions... dans dix minutes, rassemblement ici !...

(Les détonations redoublent au loin. Les hommes et les femmes s'en vont vivement, moins les personnages de la scène suivante. Catherine, Suzel et Delphine causent à droite près de la grande table.)

SCÈNE XV

Netter, Delphine. Rantzau, Catherine, Suzel, Fritz, Pierre.

RANTZAU, *au nº 2, et Netter nº 3.*

Netter, avant de partir, un mot au sujet de ces deux enfants-là !... Pour la dernière fois... oui ou non... voulez-vous donner votre consentement ?...

NETTER

Inutile d'insister... Quand j'ai dit non, c'est non !... Quand ta fille Suzel apportera dix mille francs de dot, je lui donnerai mon fils... autrement, il n'y a rien de fait...

PIERRE, *descend nº 3.*

Alors, Fritz, embrasse ta fiancée !

NETTER, *passant nº 2.*

Qué que tu dis, toi ?

PIERRE

Je dis qu'ils s'épouseront. Suzel est ma filleule, et je la dote. Tiens, petite, prends cette lettre, c'est mon testament... quand je serai mort... tu pourras épouser mon neveu... je te donne toute ma fortune, à charge de faire une rente viagère... à quelqu'un...

SUZEL, *sautant au cou de Pierre.*

Ah ! mon parrain, merci *(Rantzau et Catherine lui serrent la main).*

FRITZ

Comment, quand vous serez mort, mais je ne veux pas que vous disiez ça, mon oncle, ça me fait trop de peine.

CATHERINE

Ah ! merci pour Suzel, merci *(Ils remontent vers la porte).*

RANTZAU, *passe 2.*

Eh bien, Netter... maintenant vos idées sont-elles changées ?... le mariage est-il conclu ?

NETTER, *bas à Rantzau.*

En principe, oui ! ça peut aller maintenant, mais à la condition que Pierre Le Loup soit mort !...

RANTZAU

Décidément, mon pauvre Netter, vous n'avez pas le cœur fait comme les autres.

NETTER, *à Catherine.*

Possible, mais ça me regarde *(Il remonte près de la cheminée).* Viens, la Suzel ; viens, la Catherine... Allons mettre en lieu sûr le testament de ton parrain...

CATHERINE

Et que sa vie dure aussi longtemps que sa bonté d'âme est grande. *(Suzel et Catherine sortent par ce fond, suivis par Fritz).*

DELPHINE

Merci pour mon fils, Pierre ; vous êtes un noble cœur, mais pourquoi parler de mourir ?

PIERRE

Parce que la mort c'est l'éternel repos, la fin de toute souffrance. Mais jusqu'ici la Camarde n'a pas voulu de moi.

DELPHINE

Ah ! Pierre, quel rêve sublime de mourir avec vous pour la France.

PIERRE

Chère Delphine, il faut penser à Fritz, à Suzel.

DELPHINE

Grâce à vous, ils seront heureux !

NETTER, *il a quitté la cheminée et est allé fermer la porte. Descendant tout tremblant. Fusillade au loin.*

Quel charivari ! Ça me fait mal aux oreilles.

DELPHINE

T'as pas honte de trembler au moindre coup de feu.

NETTER, *gagnant la gauche et remontant au fond.*

C'est pas pour moi que je tremble, c'est pour mes écus ! *(A part)* Et puis pour ma peau aussi ! Je n'en ai qu'une et j'y tiens, quien ! Si on me la crève, j'en ai pas de rechange !. *(Il sort derrière l'armoire).*

SCÈNE XVI

Pierre, Delphine, *puis* Fritz, Lauret, Vanauvel, Favolard.

FRITZ, *entrant vivement du fond.*

Mon oncle ! mon oncle !... Nous sommes trahis ! Nous sommes trahis !

PIERRE

Trahis ! Explique-toi...

FRITZ

Oui. J'ai rencontré le caporal qui est venu ce matin. Aidé de Vanauvel il apporte ici son lieutenant qui est blessé à mort. Paraît qu'en arrivant au bois de Saverne, les Allemands étaient là, ils ont été prévenus on ne sait par qui... presque toute la compagnie est tombée dans l'embuscade.

PIERRE

Oh ! Tonnerre de Dieu ! Trahis ! Déjà ! *(Il passe n° 1).*

FRITZ

Les hommes battent en retraite et se sont réfugiés dans le village, mais les Prussiens attaquent déjà les premières maisons !

PIERRE

J'ai tout préparé pour la défense de la ferme. Ici, nous vendrons du moins chèrement notre vie. Va prévenir Rantzau et dis à Christophe

de sonner le ralliement des Francs-tireurs *(Allant la cheminée il prend le fusil suspendu et le donne à Fritz).* Tiens, tu feras le coup de fusil comme les autres !

FRITZ

Enfin, me voilà soldat... Pour l'Alsace et pour France ! *(Il sort).*

DELPHINE

Brave enfant !... Le voilà fier et joyeux !

PIERRE

Et vous, toute tremblante !...

DELPHINE, *fièrement.*

Non, je ne tremble pas. La patrie est en danger avant d'être mère, je dois être Française.

(Le lieutenant Lauret entre soutenu par Favolard et Vanauvel).

FAVOLARD, *à Lauret qui se soutient à peine, blessé à la poitrine. On aperçoit la chemise maculée de sang par la tunique entr'ouverte.*

Nous voilà rendus, mon lieutenant.

LAURET

Merci ! Il était temps !

VANAUVEL

Ne parlez pas, vous êtes épuisé...

FAVOLARD

Il fallait vous arrêter au presbytère, mon lieutenant.

PIERRE

Blessure grave ?

FAVOLARD

Il est perdu !

LAURET, *s'appuyant à la table de gauche.*

Avant de mourir je voulais revenir ici... La femme... où est la femme ?

PIERRE, *s'avançant.*

Quelle femme ?

LAURET

Ah ! c'est vous, capitaine... Nous sommes tombés dans une embuscade, là-bas... c'est pour ça que je voulais revenir ici, à cause de l'espionne !...

PIERRE ET DELPHINE, *s'approchant.*

L'espionne ?...

(La fusillade redouble. On entend le clairon au loin sonner la charge).

LAURET

Oui... Oui... on nous a trahis !... Les uhlans ont quitté Saverne en toute hâte. C'est l'espionne qui... qui... Ah ! j'étouffe ! .. (*Défaisant sa tunique*). Ah ! j'étouffe... cette lettre... à... à Pierre Netter.

(*Delphine rempli un verre, elle passe à Vanauvel qui fait boire le blessé*).

PIERRE, *saisissant la lettre.*

A moi ?...

SCÈNE XVII

LES MÊMES, Lucienne. (*Lucienne paraît à gauche.*)

LAURET, *qui a vu entrer Lucienne.*

La voilà !... C'est elle !

PIERRE, *se retournant.*

Ma femme !...

LUCIENNE, *à part.*

Pierre !... Je suis perdue ! (*Elle veut se sauver par le fond*).

PIERRE, *lui barrant le passage.*

Femme maudite, qui déshonorez mon nom.. n'essayez pas de fuir ou je vous tue comme une chienne que vous êtes !
(*Lucienne atterrée se cache près de la cheminée*).

DELPHINE

Il était marié !... Voilà donc le secret qu'il cachait depuis si longtemps !

LAURET

L'espionne, je te maudis... Ah !... (*Il défaille et se soutient à la table*).

FAVOLARD

Je suis là, mon lieutenant.'

LAURET

Ah ! caporal ! tu penseras au médaillon... pour ma mère... 12, boulevard du Prince-Eugène... (*Se redressant dans un dernier effort et tirant son sabre*) Compagnie... halte !... à 600 mètres... feu !... baïonnette au canon !... En avant les enfants ! Vive la France !... (*Il tombe sur la table*).

(*Lucienne 1, Pierre 2, Favolard 3, Lauret 4. Vanauvel 5, Delphine 6.*)

FAVOLARD

Mort !... Pauvre lieutenant !

PIERRE, *qui a terminé de lire la lettre, se précipitant sur Lucienne qu'il fait mettre à genoux.*

A genoux, coquine ! A genoux ! (*Il la fait mettre à genoux devant le cadavre du lieutenant en le faisant passer devant lui*).

VANAUVEL, *prenant un drapeau qui se trouve dans le coin près du buffet et le jetant sur le corps du lieutenant.*

Le linceul d'un brave !... (*On entend la fusillade qui se rapproche, on entend le tocsin sonner*).

GUERCHEL, *arrivant essoufflé du fond.*

Nous sommes perdus !

CHRISTOPHE, *du fond.*

Ils ont mis le feu à la mairie, à l'école.

PIERRE, *à Christophe.*

Ah ! les gueux ! Sonne le rassemblement !

SCÈNE XVIII

LES MÊMES, Guerchel, Christophe, *puis* Rantzau, Fritz, Suzel, Muller, la Chevrette, *un fusil à la main*, Marie, Louise, Françoise, Lisbeth.

(*A la sonnerie, arrivent de droite, du fond Rantzau et tous les autres désignés ci-dessus*).

PIERRE

Barricadez les portes... je les aperçois à l'entrée du chemin creux.

(*Ils poussent les meubles contre les portes. On aperçoit à droite la lueur de l'incendie.*)

PIERRE

Le feu !... ah ! les bandits !

MULLER, *entrant de droite suivi par la Chevrette tenant un fusil à la main.*

La ferme est cernée !... (*Il barricade la porte par laquelle il vient d'entrer*).

RANTZAU, *grimpé sur une chaise fait le coup de feu par la petite fenêtre au-dessus du buffet.*

Malheur ! Ils mettent le feu ! nous sommes perdus !...

CHRISTOPHE

Blessé au bras ! je ne peux plus tirer ! (*Il laisse tomber son fusil*).

DELPHINE, *qui se trouve près de lui.*

Il ne sera pas dit qu'un fusil restera inutile. *(Elle fait le coup de feu).*

LA CHEVRETTE, *au dernier numéro à droite.*

C'est ça, Delphine ; fais comme moi ! j'en ai déjà tué huit !

NETTER, *paraissant derrière l'armoire de gauche, il entre*

Ils ont mis le feu à la ferme ! Je suis ruiné ! je suis ruiné !

PIERRE

François, conduis toutes les femmes dans le souterrain.

NETTER

Mais, c'est que...

PIERRE

Devant l'ennemi, moi seul commande ici... va vite, en sauvant la vie de ces femmes tu sers ton pays.

NETTER

Je ne demande pas mieux ! *(A part)* Du moment que je ne me bats pas ! *(Haut)* Par ici... par ici... *(A part.)* C'est le moment d'emporter mon argent... mon pauvre argent *(Il sor suivi par les femmes par le souterrain. La fusillade se rapproche, Lucienne veut se sauver par le souterrain, mais Pierre l'aperçoit.)*

PIERRE

Restez ici, l'espionne !

LA CHEVRETTE, *qui est de l'autre côté de la scène.*

Ah ! c'est elle, l'espionne ! *(Elle épaule son fusil et tire.)* Elle ne trahira plus cette crapule-là ! *(Lucienne tombe.)*

DELPHINE

L'espionne ne pouvait mourir que par une balle française.

LUCIENNE, *se soulevant.*

Assassin ! *(Elle meurt.)*

FRITZ

Non, c'est une exécution et c'est justice ! *(La fusillade redouble très rapprochée, l'incendie augmente.)*

DELPHINE, *s'élançant vers Pierre.*

Libre ! Tu es libre !

RANTZAU, *toujours près du buffet.*

Attention ! les voilà ! feu ! feu !

PIERRE, *atteint par un coup de feu, chancelle.*

Vive la F... *(Il meurt.)*

DELPHINE

France ! Quand même !

(La main gauche appuyée sur son fusil Delphine soutient de la main droite le corps inanimé de Pierre dans la pose bien connue du groupe du Mercié « Quand même ». — Fritz fait le coup de feu près de sa mère. Lucienne, (morte) a le n° 1, Pierre n° 2, Delphine n° 3, Fritz n° 4. Tous les autres personnages faisant le coup de feu avec l'ennemi qui attaque la ferme à droite, forment un groupe pittoresque et héroïque. Devant la table ou repose le lieutenant, Christophe un genou en terre, sonne la charge désespérément. Les portes cèdent, le plafond s'écroule en partie, c'est l'assaut final des ennemis, la ferme flambe dans une apothéose sanglante et tragique. Tableau

RIDEAU

AUTEURS	TITRES DES ŒUVRES	Hommes	Femmes	Prix nets
Moreau-Gramet	Famille Nitouche (La)	3	4	loc.
Lebreton-Moreau	Farces du Printemps (Les) d	7	4	loc.
St-Agnan Choler	Faut du prestige (vaud.) d	3	2	loc.
Lebreton-Duroc	Faut que j'casse la g. à Baptiste d	4	3	loc.
Flers	Femina d	troupe	»	loc.
Ch. Gabet	Femme de Valentino (La) d	»		loc.
F. Chaudoir	Fête à Claudine (La)	1	1	4 »
E. Duhem	Fête à M. le Maire (La)	3	2	4 »
Dorfeuil-Bouvet	Fiancé des Nourrices (Le) d	troupe	1	loc.
Javelot	Fiancés berrichons (Les)	1	4	3 »
Soulié	Fiancés du bonnet de coton (Les)	1	1	5 »
L. Vasseur	Fichue idée d	2	1	5 »
Brigliano-Talber	Fichue situation d	4	4	loc.
Liouville	Fièvre phylloxérique (La)	3	2	4 »
Berthe	Fille du charpentier (La)	3	1	5 »
Lebreton-Moreau	Fille du marin (la) d	8	7	loc.
Lebreton-Soudant	Filles de la Cantinière (Les) d	troupe	»	loc.
Lebreton-Moreau	Fils à Papa (Le) d	troupe	»	loc.
Chaulieu et Bataille	Fils de M. Alphonse (Le) (vaud.) d	troupe	».	loc.
Duroc-Mailfait	Five O'Clock de la Baronne	7	2	loc.
Villebichot	Fleuriste et typographe	1	1	5 »
Lebreton-Talber	Foire aux nichons (La) d	7	7	loc.
Pradels-Quinel	Fosse aux ours (La)	troupe	»	loc.
Divers	Françoise les bas bleus d	troupe	»	loc.
Moreau-Soudant	Francs-tireurs de la mort (Les)	troupe		loc.
Lebreton-Beissier	Frangine (La) d	troupe	»	loc.
Divers	Fantrognon d	8	11	loc.
Lebreton-Moreau	Frère de lait (Le)	1	2	4 »
Carin-Tomy	Friper's and C° d	troupe	»	loc.
Lebreton-Moreau	Friquet d	9	7	loc.
Cieutat	Furet (Le)	»	1	4 »
Moreau-Touzé	Gai gai mariez-vous !	4	3	loc.
Moreau-Darsay	Gaîtés du bastion (Les)	5	3	loc.
Divers	Gavroche et Loup de mer	1	1	loc.
Froyez-Colias	Grand Duc Moleskine (Le) d	6	6	loc.
Lefort	Grand papa de la chanson (Le) d	1	1	3 »
Lebreton-Blairat	Grenouille (La) d	4	2	loc.
Moreau-Marcus	Grève des facteurs (La)	2	2	loc.
M.-Brisac	Guerre aux hommes (La) d	6	7	loc.
Lebreton-Nicolai	Gueule d'Or d	6	8	loc.
Lebreton-Moreau	Héritière de Carapattas (L') d	8	8	loc.
Villebichot	Hirondelles de la rue (Les)	»	2	3 »
Lebreton-Blairat	Homme pâle (L') d	4	2	loc.
Lebreton-Duroc	Hôtel d'Artistes d	troupe	»	loc.
Lebreton-Duroc	Hôtel de Noblepanne d	4	4	loc.
Darantière et Bouvet	Hôtel du lac bleu (L') d	7	6	loc.
Dourel-Jost	Hôtel modèle d	7	7	loc.
Autigeon-Dourel	Hypnotiseur malgré lui (L') d	3	2	loc.
Moniot	Jacotte	1	1	5 »
Liger-Aubrun	J'ai perdu Virginie	3	1	loc.
Nargeot	Jeanne, Jeannette et Jeanneton d	2	3	8 »
Michiels	Jefque et Tienne	1	1	4 »
Lebreton-Soudan	J'épouse ma bonne d	5	1	loc.
A. Perronnet	Je reviens de Compiègne	»	1	4 »
Bernicat	Jeunesse de Béranger (La)	3	1	6 »
Lebreton-Moreau	Jocrisses du mariage (Les) d	troupe	»	loc.
B. Lebreton	Joies du divorce (Les) d	troupe	7	loc.
L. Collin	Journée aux soufflets (La)	1	1	4 »
Fransois-Derys	Jules d	1	1	loc.
Herpin	Ki-Ki-Ri-Ki d	troupe	»	loc.
Soudant	Lâchée	5	1	loc.
Robillard	La vengeance de Ramoli	2	1	4 »
Desormes	Leçon de musique (La)	1	1	4 »
J. Clérice	Léda d	troupe	»	loc.
Cazaneuve	Loi du pal (La) d	troupe	»	5 »
Herpin	Lune de Miel (La) d	4	1	loc.
Moreau-Gramet	Ma Colonelle	2	2	loc.
Clairville fils	Madame la baronne d	1	1	4 »
Wachs	Madame le docteur	2	1	4 »
V. Roger	Mademoiselle Louloute	2	2	6 »
Bessière-Narinier	Maire et Martyr d	3	2	loc.
Talexy	Maître Grelot	3	1	7 »
Bouvet	Major Purjotin (Le)	4	3	loc.
Moyne-Jacoutot	Mamzelle Claudinette d	3	2	loc.
Tar Numo Colval	Mamzelle Culot	troupe	»	
De Lajarte	Mam'zelle Pénélope d	3	1	7 »
Fransois	Mandat (Le) d	troupe	»	lo
Joubaud	Mariage riches	1	3	
Moniot	Marianne et Jeannot	1	2	8 »
Tollet	Marié sans l'être	4	»	3 »
Moreau-Duroc	Maris jaloux (Les)	5	2	lo
Simiot	Mariés de Nanterre (Les)	1	2	4 »
Gresset-Bernard	Méfiez-vous d'Oscar d	2	2	lo
E. André	Melon (Le) (monologue say nète)	1	»	2 »
Moreau	Ménage Poire	troupe	»	loc.
Desormes	Menu de Georgette (Le)	3	2	8 »
Ch Gabet	Mérite des femmes (Le) d	4	4	loc.
Moreau-Boucherat	Médjidié (Le)	3	1	loc.

AUTEURS	TITRES DES ŒUVRES	Hommes	Femmes	Pr s
Soudant	Mimi Vadrouille	troupe	»	loc.
Lebreton-Moreau	Miss Kissmy d	5	5	loc.
Beissier	Miss Milliod d	troupe	»	loc.
Bessier-Moreau	Môme aux Camélias (La) d	troupe	»	loc.
Bessière-Ruffier	Môme aux grands yeux (La) d	8	6	loc.
Chassaigne	Monsieur Auguste d	1	1	loc.
Garnier-Vallès	Monsieur ma belle-mère	2	3	3 »
Lebreton-Moreau	Monsieur Sans Gêne d	troupe	»	loc.
Blairat-Neuzillet	Mouche (La) d	troupe	»	loc.
Moreau-Touzé	Mouche du Coche (La)	4	2	loc.
Ioly	Myope et presbyte d	1	1	loc.
Desormes	Nègre de la Porte St-Denis (Le)	3	3	4 »
E. Lhuillier	Nez enchanté (Le)	1	1	3 »
Lebreton-Blairat	Ninie la Rouquine d	5	3	3 »
Dorfeuil-Moreau	Le Nez de Cyrano d	troupe	»	loc.
Herpin	Noce à Grospoulot (La)	5	7	loc.
F. Barbier	Noce à Suzon (La)	1	1	loc.
L. Collin	Noces d'or (Les)	2	1	4 »
Bouvet-Darantière	Nos bons touristes d	5	4	5 »
Moreau-Gramet	Nos petites Chattes	3	5	loc.
Dorfeuil-Guillemaud-Duharnois	Nos pioupious d	troupe	»	loc.
Lebreton-Moreau	Nos voisins d	6	6	loc.
V. Roger	Nourrice de Montfermeil (La)	2	3	loc.
Ch. Gabet	Nouvel Achille (Le) (vaud.) d	3	1	6 »
Touzé Prud'homme	Nuit de Noces de Beauflanchet	6	1	loc
Jacobi	Nuit du 15 octobre (La) d	3	4	loc.
Dédé fils	Oncle et Neveu	3	»	6 »
Louis Bouvet	Oncle Maboulin (L')	4	4	3 »
Bessière-Ruffier	Ordonnance Bezuchet (L')	2	2	loc.
Berthelot Roland	Othello chez Thaïs d	3	5	loc.
Dufils	Paille et la Poutre (La)	»	2	loc
Billemont	Pantalon de Casimir (Le)	1	1	6 »
A. Petit	Par autorité de Justice d	5	3	6 »
Dorfeuil-Moreau-Dédé	Paris aux Courses d	8	8	loc.
F. Barbier	Par la fenêtre	1	1	loc.
J. Walter	Par la Gymnastique d	2	1	4 »
Henry Moreau	Partie de Campagne d	troupe	»	loc.
Ed. Lhuillier	Pasquinette	1	1	loc.
Bénédite-Jaucourt	Le pays Vierge d	troupe	»	3 »
Moreau-Darsay	Pension Carabin	6	5	loc
Offenbach-Roques	Péri-Colle (Parodie de Périchole)	2	1	loc.
Perrault-Maty	Perruche de ma femme (La) d	4	3	2 50
Tréblat-St-Cyr	Personne (drame en 5 minutes)	2	1	loc.
Collin	Petit Spahi (Le)	3	8	1 »
Lebreton-Moreau	Petite baronne (La) d	troupe	»	5 »
Linas	P'tite bête vit encore (La) d	1	1	loc.
Lebreton-Moreau	Petite colonelle (La) d	8	3	4 »
id.	Petites Menichons (Les) d	troupe	»	1
A. Petit	Petits lapins (Les) d	troupe	»	1
Maurey et Jimbu	Petits Trottins (Les) d	5	6	loc.
Lebreton-Moreau	Petits Zouzous (Les)	troupe	»	loc.
J. Clérice	Phrynette d	troupe	»	loc.
A. Alavoine	Plumechat et Cie d	4	6	loc.
F. Barbier	Points jaunes (Les)	1	1	loc.
Desfossez-Piccolini	Pommes d'amour (Les)	6	6	5 »
Cinoh-Verdellet	Pompier d'Endoume (Le)	5	2	loc.
Gresset-Bernard-Letorey	Pompier d'Ernestine (Le) d	2	2	loc.
Autigeon-Dourel	Poste restante 222 d	4	3	loc.
F. Barbier	Poupée automate (La)	1	1	loc.
Fay	Pour qui le gosse ?	2	3	4 »
A. Lambert	Première brouille (La) comédie	»	1	loc.
Couturet	Premières amours d	4	1	1 »
F. Barbier	Premières armes de Parny (Les)	1	3	loc.
Moreau	Professeur de chant (Le)	1	1	5 »
De Ste-Croix	Pygmalion d	1	2	3 »
Garnier-Héros	Queue du Diable (La) d	troupe	»	6 »
Delilia-Héros	Qui va à la Chasse	2	2	loc.
L. Collin	Qui se dispute s'adore	1	1	loc
Ch. Lecocq	Rajah de Mysore d	troupe	»	4 »
Villebichot	Réponse du Berger (La)	1	1	8 »
Jacoutot	Retour de Kerdrec (Le)	troupe	»	4 »
Meugé	Retour de Margotte (Le)	1	1	4
Roques	Retour de Mars (Le)	1	2	4 »
L. Collin	Retour de Musette (Le)	1	1	4 »
Autigeon-Dourel	Revanche de Verluisant (La) d	5	2	4 »
Autigeon-Dourel-Heydel	Revenants (Les) d	3	3	loc.
Ch. Thony	Robes et Manteaux d	5		loc.
F. Chaudoir	Roi Claquette (Le) d	3	8	loc.
Briollet-Yvel	Roi koku (Le) d	troupe		6 »
Desormes	Roland furieux	3	1	loc.
L Desormes	Romance impossible (La)	2	»	5 »
Ch. Gabet	Rosière de Valentino (La) d	3	1	2 »
Michiels	Rosière d'Interlaken (La)	1	1	loc.
Ch. Gabet	Ruy Black (v.) d	troupe	»	4 »
Clamente	Saint-Yvon (La) d	2	1	5 »
Ch. Lecocq	Sauvons la caisse d	1	1	

AUTEURS	TITRES DES ŒUVRES	Hommes	Femmes	Prix net
Matal-Febvre-Bonamy	Septième Escouade (La) d	9	7	loc.
R. Planquette	Serment de Mme Grégoire (Le)	1	1	8 »
Lebreton-Soudan	Serment du marin (Le) d	4	2	loc.
Lebreton-Moreau	Signe de Léda (Le) d	troupe	»	loc.
Ouvier	Simone et Boquillon	2	1	5 »
Lebreton Duroc	Soir de Noce d	1	4	5 »
Mailfait	Soirée bourgeoise	2	2	loc.
Leserre	Soirée d'amateurs ... pochade	5	»	1 »
Lebreton-Moreau	Soldat l	troupe	»	loc.
Gresset	Souffleur par amour d	3	1	loc.
Meyan	Soupirs du cœur	2	3	5
Ch. Malo	Souviens-toi de Clémentine	2	1	
Moreau-Darsay	Spiritisme des Familles	4	4	
Tac-Coen	Suzette, Suzanne et Suzon	1	3	loc
Wachs	Tata chez Toto	2	1	4 »
Lempereur et Pimard	Témoin (Le)	3	1	loc.
Lambert-Lebreton	Terre-Neuve d	3	5	loc.
Marc Sonal	Théophile	2	1	loc.
Chassaigne	Toc	2	2	loc.
Hervé	Toinette et son carabinier	2	1	5 »
Bessier-de Gorsse	Tonton d	3	3	6 »
Wachs	Totor et Titine	2	1	loc
Hubans	Tour de Moulinet (Le) d	2	1	4 »
Cartier	Train des Maris (Le)	2	1	8 »
Moreau-Duroc	Tranquil'hôtel	5	4	4 »
Moreau-Darsay	Trente mille francs par an	2	2	loc.
Ch. Gabet	Trésor des Dames d	troupe	»	loc
Lebreton-Moreau	Treize jours d'un Parisien (Les) d	troupe	»	loc.
id.	Treizième spahis (Le) d	troupe	»	loc.
id.	Trio de troupiers d	troupe	»	loc.
Lebreton Téramoud	Trois Gosses (Les)	4	4	loc.
Lebreton-Moreau	Trois Maçons (Les) d	4	2	loc.
Lambert-Lebreton	Truc du Pharmacien (Le)	4	1	loc
L. David	Tu l'as voulu d	3	1	5 »
Héros Jost	Tziganie dans les Ménages (La) d	troupe	»	loc.
Javelot	Un amour d'épicier	2	1	4 »
Cardet-Launoy	Un bon mi	2	1	loc.
P. Henrion	Un charcutier dans les fers	1	1	4 »
Chassaigne	Un Coq en jupons	1	1	4 »
Banès	Un do malade	2	1	5 »
Wachs	Un domestique pour rire	1	1	4 »
Moreau-Gramet	Un dragon pour deux	3	2	1 »
G. Laurens	Un futur sur le gril	2	1	4 »
Ch. Malo	Un gendre à poigne	2	2	5 »
Pericaud	Un hercule qui ne veut pas se rouiller	2	1	4 »
Cambillard	Un mariage à la force du poignet	1	1	3 »
Ch. Malo	Un mariage au flageolet	1	1	4 »
Dauphin	Un mariage en Chine d	4	1	6 »
Bernicat	Un mari à l'essai	1	1	4 »

AUTEURS	TITRES DES ŒUVRES	Hommes	Femmes	Prix net
Pericaud	Un mari en grande vitesse	3	1	4 »
L. Collin	Un mauvais conscrit	2	»	4 »
Chassaigne	Un 1er jour de ménage	1	1	4 »
F. Barbier	Un souper chez Mlle Contat	»	2	5 »
Bernicat	Une aventure de la Clairon	2	2	6 »
Lebreton-Blairat	Une Consultation d	4	3	loc.
Garnier-Vallès	Une Corbeille de Noce	5	3	loc.
E. André	Une drôle de Marquise	2	1	3 »
Claments	Une étoile d'antichambre d	2	1	5 »
Jouhaud	Une femme du quart du monde	2	»	4 »
Villebichot	Une femme qui bégaie d	3	»	6 »
L. Roques	Une femme tombée du Ciel	1	1	5 »
Villebichot	Une fille à trucs	3	1	4 »
Liouville	Une fille en loterie	2	»	4 »
Touzé Monjardin	Une intrigue chez les Mouchamiel	2	»	loc.
Desormes	Une lune de miel normande	1	1	4 »
L. Collin	Une mariée sans mari	1	1	4 »
Éd. Lhuillier	Une marine à la vapeur	1	8	3 »
Desormes	Une mauvaise connaissance	3	»	5 »
Moreau-Darsay	Une mauvaise nuit	2	2	loc.
Ch. Gabet	Une nourrice sur lieu d	2	4	loc.
Moreau-Dorfeuil	Une nuit de Paris d	troupe	8	loc.
Duhem	Une partie à Robinson	2	»	4 »
Wachs	Une pleine eau à Chatou	2	»	4 »
Bernicat	Une poule mouillée	1	1	4 »
De Paniagua	Une sale Histoire d	2	2	loc.
Chassaigne	Une table de café	2	»	4 »
Robillard	Une tempête conjugale	1	»	4 »
Liger-Aubrun	Urticaire (L')	4	1	loc.
R. Planquette	Valet de cœur (Le)	1	1	4 »
J. Walter	Végétariens (Les) d	troupe	1	loc.
Robillard	Vengeance de Ramolli (La)	2	2	4 »
L. Roques	Vénus infidèle (Retour de mars) d	1	2	4 »
Moreau-Boucherat	Vert galant	6	1	loc.
Lebreton-Moreau	Vierges du chahut (Les) d	troupe	1	loc.
Autigeon	Vie de garçon (La) d	6	6	loc.
Desgranges	Vieux Sorcier d	3	3	loc
Borani-Planquette	Vingt-huit jours de Champignolette d	6	1	loc.
Vallès-Talber	Vingt-huit jours de Gorenflot (Les)	7	3	loc.
Ratcée-Corbeau	Vive la Classe d	7	8	loc.
Norman-Vallès	Vive les Bleus	7	4	loc.
Chaudoir	Voilettes magiques (Les)	1	1	5 »
Lebreton-Moreau	Vocation d'Isoline (La)	1	2	4 »
Jacobi	Voilà l'plaisir, mesdames	2	2	4 »
Ch. Hubans	Voiture à vendre d	2	4	loc.
Lebreton-Moreau	Volontaire de 92 (Le) d	troupe	4	4 »
Tac-Coen	Volontaire et vivandière	1	2	1 »
P. Talber	Volupté des dames (La)	4	3	loc.
Guy-ory-Marius	Zidore d	6	7	loc.

Livrets d'opérettes et de vaudevilles, net : **1** franc.

POUR LES GRANDS OUVRAGES DU RÉPERTOIRE
CONSULTER LE CATALOGUE SPÉCIAL DES
OUVRAGES DE THÉATRE
QUI EST ENVOYÉ FRANCO SUR DEMANDE

MM. les Directeurs sont priés de s'adresser à l'Éditeur pour le conducteur et les parties d'orchestre ainsi que pour le service des pièces nouvelles.

Des envois de livrets à choisir sont faits sur demande en port dû aller et retour

Vannes. — Imp. Lafolye. — 7438-1906

www.ingramcontent.com/pod-product-compliance
Ingram Content Group UK Ltd.
Pitfield, Milton Keynes, MK11 3LW, UK
UKHW021037220726
13924UKWH00001B/378